寓居《ぐうきょ》

杉山悟

ポエムピース

ブライダル　我が決死
トマト　芽　ぎこちない
露伴　せかし　禁固　たられば
目立つ　ワサビ　鮒ざらつくとも
軽貨　懇泥の　ミラノ
ストーミング　凝る　熨斗　廻向
垂れ幕　積み木　ひとだまり
ポリスを　超えて　乱れあう　玉座
ナフキン　姫君　地蔵界
能書きは　イタリヤ

村八分で楽隊
冠　塑像　アトラス
サインチケット　ぺてん
沁み入る　コーツ　冤罪
スルメ　神速　飛び入りマイク
咎　胃カメラさす　日の出
文体　醒めたら　ひげ大根
口頭　姫ら　夫婦納言
文鎮　砂上の煙月　マーク
キッチュ　あてどない　みどり
マラ並み　死体に　みぞれ墜つ
ゴンチチ　素人　フェミニズム

亜豆　イソフラボン
名づき　へし折れ　斬新な
曇り　ミサ　薄醜い
問われ　人芯　わき目で　とおりゃんせ
代謝　払って　野原は嵐

エールフランス　お菓子　焼きたて
千葉　もうもうと　雑穀　無害だ
区はね　鼻も　握り寿司
高血症　ベビー　と　相撲取り
オニキス　宙ぶらりんの中庸

ノエマ　オート　ポエーシス

白樺の木陰　薫化
訛り　技士ヘルメット
普賢　才たたき上げ

思索　光陰　矢のごとし
モルツ　卑下　くたびれ
笑うが　善かろう　及第
不摂生たる　血愛の　學び
ホメロン　直訴する　悲哀
寄進　スカラベ　耳流し
マット　デスティニ　横流し

判断力は　底を尽き
ミレーが　汚職を　見張ってる
ガラスの破片　世迷いが　粉々
問紙　汎神仕様で

瞳の　此方へ
冴える　抗菌　舌ざわり
免許　分銅が　イロニー
あきるの　堪える　ミラーボール
慇懃　メバチ　岬の　句読
青海碧眼の　純粋

きらい　ゲームの　UFO
衒い　空から　フィロソフィー
深泥　逆足　次第に　ね
近海　寄らずと　妹が
メントス　人馬に　こぞりて　雅号

季語　きめ細やかな　ナイフ
　ソロ　地雷　爪の先まで
パドル　綿花　カモフラージュ
不在　レーニン　祈祷の日
　　　　鏨打ち　パンライフ
禊　ひたした　アイボリー　木靴
マンゴー　ごゆるりとハイライト

求夢と　惣菜　残った
サンマ　いざ　芳しい
湖畔　ランサー　天の邪鬼
マイノリティ　息吹きは　一握の
釘　ひび色　可愛げのある
蒼し　キスは　ちょちょいのちょい
運心　チェロ　嘗めまわし

いにしえは　綺羅色
フォーク　満開　目処
化石　真珠の　霞ランナー
ネロ　粋　ガビアル　響く
他殺　双眼鏡　舌
エニシング　究極点
永久に　絡まり

高まれ　小ずるい　オカピ
グッチ　ふて寝　戯け
輝かしい　皮肉は　身を粉
なればこそ　大安　シャワー　あちち
梅はね　大寒　着膨れ
鏡餅　好きだよ　洗いざらい　娘

抜本的かつ　うたた寝の
原罪　チープ　星のワルツ
根こそぎ　ホウレン　あまつさえ
レモン　デモン　下唇　痺れ
疾患　ハムです　温泉郷
浄土　家計簿　画像付き
しっと　繁華　眞もエラ
残響　十和田　アビニヨン
万力焦がして　チリペッパー
出待ち　垢抜けないぞ　芍薬

タクシー　ぶつかって　よろめく
半蔵門　骨の　鳴る音　空気観

あまねく　頽落
信号　メタファー　起源
クリオネ　一瞬で　凍てつき

ペダル　甘夏　まったり　櫓
あの夏　エイジアは　外ポケット
財閥　ガンプラは　理系
髪束ね　送り出す　段差注意

巧みに　ノイローゼ　とげ　ぎす
熱燗　レーベル　どんど焼き

イグナシオ　荒れ模様　いつ何時も
公家　皆　蕎麦打ち　懺悔
漲る　鄙びた　いろは　駅ビル
残り火で　カンパ
箸休め　ブドウ糖　塩リンゴ

座像など　捨てておけ
苛立ちは　うつぼ　朽
作家なる　ターミネーター

ジャックナイフは　轢き石の下
丸眼鏡　指切り　後輩の
すさびれた　痛ましい
仏様々　宙に浮かぶ

メソポタミア　氣も　あらたかに
おまんじゅう　四つん這い
しゃくれ　無人島
お大事に　なんて軽薄だ
さらに　麒麟　麓　ミスト
墜落　メスカリンと　生え際の　包囲網
無駄遣いしちゃ　ピカデリー
サマンサ　産毛　しわくちゃ

うれしい死にたい　蛍光色

仙窟　発掘　橙ビードロ

古希　リビドー　米英

初恋　易しい　難しい

夢みたい　ランドセル　やもり小僧

帝都　全体　歪んでる

甦り酔狂　おかえりの

魂の断層　ミルフィーユ

ペンキの粉をふり乱し
あぶない　臀部
甘い　センチメンタル　帝国

春菊　どつぼ　世紀末
岩だって　苔むして
メロディ　持つ柄　近現代
蝙蝠　翠　奥手なきゃつら

巣だつ

サルモネラ

玩び

沢　膩脂の

キーパーソン

リンパ

赤の他人よ

シスター　ファズ

進化　相思相愛

ギャルド　モルモット

たまげた　ジンバブエ

スマイル　召し　地雷

だらしのない　塩漬け

単細胞

灰夢　へ
漫画　浄水
殻　を
されこうべ
酢辛いコート
ドレス不条理
趣意　代価
傲れ
昼過ぎには
アスパラ
砂漠の
目科医
百合科の
トング
めがけた群青

学びよ　ミセス

バンクシー　釈迦の　掌へ

紅　漆喰の虎　リボン

カスタード　春秋　苛立ち

はにかんで　或　シューティング　星の小屋

パリ　草枕　眉毛で　パウダー

かみなりを　自動で　社会　高騰

ドアトゥドアで　ホームシックに
ライブ　技　家具　エジンバエ
もろこし野郎は　不死身の　テンダー
名は無き　トーテム　異空間

どんぐり返って　ピラミッド
習熟　可憐な　肝っ玉

パブロフに　感電
安寧　座り　まぶしい
カフス　至近　耽溺
すべり台　あられもない
コンサバ有機　義肢武装
トイス　あえぎ声で　みのり

水性　バンクーバー　若布
成仏　陽炎　男心
女々しい　アルト　捨ててほい
きびだんご　二十歳　オブジェクト
恩義に　タッチで　無愛想
モールで　懸念　ロイヤルピース
胎動　セーター　新都心
判然とせず　痺れた　おやじ

ザルツブルグ　兆候
油膜かさねて　談笑
罰　インキ　美識
一頭　たばねて　舌　唇
お空の　マジェスタ一網打尽
シュミラークル乗り移り

妥当　視線の　ガスマスク
心持ち　ハンドル　破棄せよ　醤油
八つ裂き　刺し盛り　うどん粉も
感情弁証　レディオヘッド
モガ　魂滅びはしない
氏　那由多の　性別ベルマーク
ベイビーズ　稲荷　脱色

なだらかな　沈痛
鳥が　不鮮明　撹拌
抱き締める　木戸　ぶきっちょな
服用は　まだかな
輸入　ジブリ　石焼き芋
朝潮が　驕慢に　抜毛　ミニマル
回春　取り越し苦労が不毛
驚け　看板　ちと　バリヤ
アンド　情交　季節柄
キッチュ　車海老　タイヤ館

面持ち　ライン　レンタカー
魔訶　くずおれ　名折れの可
多寡　ウルトラブルー　愛

暗い迷える　膝小僧
ぴょんぴょん　的はずれ　孤児
ウール　引き裂いて　さあ画鋲
患いなど　ワトスン紙で切り裂いてしまえ
磁界　縛呪　かみなり
ゼンマイ　さしずめ　目もくれず
飽きにし　孤高　爆砕て
態度が悪い　タイツ伝染

イリガラヤ　なぜ　砂糖　甘い
むっちむちの　ファルコン　硬い　求めん
かなしかれ　是空　重力　空仰ぎ
　大胆に　待ちたい
コップ　お皿　ちょうだい

この時間が幸せなんだ
幸福は集まる　砂鉄のように
まばゆい　滴り　草の緑が
明るい　報せで　目配せ　ふわり
吐息が　薔薇で　梨の潤い
木洩れ日　イギリス　バッタは　逃げた
ソーダ　肌粒に　汚れを　落として
なんかいいな　の　帯広げ

夢みたい　と　こだわりは捨て
世界　の　明滅に　合わせて　ウインク
手のひら　そっと　蕾を　撫でて
生暖かい　茶色い　家族
ご覧　弟は　手をひかれ
感覚　目にも　みな　新鮮な
きらきら光る　銀世界
まるで　カーテンの　裾間のよう

さよなら　あなたと
はたと　くるまり
なぜなの　よみせに
はなおと　ぽろぽろ

さよなら　あなたよ
まくらの　かさなり
きたかぜ　こいしい
うつつの　しずのね

ないたら　あのね
そっと　ふれたい
あなたの　ふたご
こいだら　すすき

かわりの　わたし
いつなら　しなる
さいたら　はなれて
きつつき　とことこ

もしもし　わたしよ
いようと　てのしわ
さがすの　くもまに
ひらいた　けんこう

うごいた　わらった
だんまり　こわいが
したんだ　ふたりは
きっとね　さがすね

とびらが　ひらいた
さする　そばへ
きもちが　つついた
かなたの　へやへ

ふたりは　なかよし

なみだは　めざまし
みても　さいても
かさなる　ひとみ

あなた　なんだな
きっと　くしんも
へたな　えんぎも
なぜなら　あなた

深緑一色　何も見えちゃいない
わざとらしい　斜陽　まち針

セガン島　騒ぐ　交代の　面持ちで
広々　バーテンダー　淵に　すげ替え
作像　工作　ビターな碑文
不格好な　モトクロス
凱旋　厭世観　捲れて
捩り　おちょくり抜き手の盃
ベンダーカラー　無意識の　ト書
回避　大枠　シーサイド
時短の　マニキュア　恋焦がれ
マルス　うたた寝で　五月人形
沈殿　眼の腫れ　なつかしい

非業　暗夜牛丼　はたとす

カラフル　のし袋
餌掃き　しるべ　おた福
姉　無言の圧力　ヒヤリ
知覚　と奥　色気　谷間に
頷く　セッション
モデル　口紅　大丈夫、鳴りやまぬ
箸先　玄関　鉈で此処
マニュアル　醸す　意図　知れず
ウルグアイ　過渡期　夜行性

メメント　飼い主　しょっぴいた
流行りの　文豪　もずくは　孤高
ご好評に　与り　木の下
ゲート　緯度　緋紫
シャボンの　向こうに　よぎる　影
尼僧の　ペンタブレットで　書簡

にじり寄る　運命
見逃し　ヘブン　もんどり返り
酔い醒め　無邪気な　寝返りを
今宵の　月は　朧に　霞む
額　幽かな　霊風　感じて
腋下　滲む汗　脈動
そこもかしこも　妖しく　光る
昨今の　時趨に　押され気味

近づく　気配　予兆　パワー
私の胸の奥底に　眠る
衝動　赤帯の端がチラつく
打ち上げ花火が　放たれるのを
止めないで　発作を
どんなに酷い　結としても
待ちわびた　欲しいよ　君が

小耳に侵入　囁いて
恋のメソッド　教えてよ
臆病者が　決意の　夜

上座狭しと　トンガラシ
布　ゲシュタルト的　噛み切り
葡萄　各部　グラついた
諧謔と　盲信の一歩手前
雪崩れ落ち
根暗　一矢　事後　うらぶれて
ドアノブ　手垢で　ポケットティッシュ
お澄まし　毛孔は　木菟木綿

簪　煮干し　弱冠の
心から　ハンカチを　丸めて　青空に
ふんばり　釘さし　アジテーション
縄で　警務と　こんにゃく　ポロシャツ
炎上　軽薄に　俺は　キリスト
とんち　ロリータ　母子　のど飴
天才グルメ　母艦は　肴
ドビュッシー　営業　昼酒は　意気あまり
保健　ミクシィ　諸々の　音階
奏でる　湊　家督継ぎ
陣中　血流の　拍の　ごとし

遊び　企て

ぐわし

ビリけつ　補整　伏蝮
くもざる　輪投げと　腹式睡眠
自死　三白眼　アドレナリン
夢を　掘り起こし　ジムで　スタンバイ
粗忽な　笑窪　踏み潰して
ゲーム　釈迦　らか　デモニッシュ

円筒　木馬が　軽業師
ピッチング　曲がり　薬籠中の
逃れ　ポン骨　ひしゃげた　台座
中州に　ポイント　オブ　ビュー　曝し
吐き溜めた　交響曲第九番を
ジョーク　花水　マクロとミクロ

気温　灯る　クリスタル
言外　希望の火　ストーリィ

四苦　額　苗木　お友達
輝く　朝日に　海辺の　金屏風
醸し出す　テリトリィ
砕け散った　水晶と　速達の　デリバリィ
呟く　目眩　くるぶしの　妙味
慇懃　纏われ　鵜飼の　手水
骨抜きにして　騙し　毛布
氷売りとて　時祭の　表町
メッカ　数多の　若者　導き
瘋癲の　ライラック　しゃにむに　エスカルゴ
迂闊な　触り　飛んでいった

マガーク効果とて　勢い　ゴミ出し
三者凡庸で　閏は　戦慄いた

自ら語り　時に学ぶ
性懲り　数珠繋ぎの　術数
外的　センスの　陣中劇
目から　ウロコ　涙止まらず

清流　一日を巻き込んで
何想う？　嵩を増し　苦吟の今
ドラクエ　実験室
講義　棚から降る　叡知
シャバダバ　玄人　ステップ踏んで
おこがましい過密　そういうのが好き
発心　歯の裏側舐めずり　革命
心身機能　レーベン　心踊る　未来
ジェット気流の　軌道を描いて
映画のワンシーン　時代
ギブミー　世界の　終わりから
これくらい　不自由な　方が浅ましく
蓮の花　咲いた　へのへのもへじ

暗黒と　コント
肌着引き裂いて　デルヴォー
タイミング　爆笑　空気

ほんだらがし　ペリエ　吸い飲み
粉塵　纏わり　如何な　コックス
忍者　メモ書き　盗まれて
呼び鈴から　自明　半蔵　呻いて
徳利転がし　ピアノ　コンテスト
だらけ　饒棒にかくかく　しかじか
クソ喰らえ　子泣き　審議シンジケート
破れ　かぶれだ　うさ耳　ジャズメン
崩落　奈落　真赤の　バステト
口笛　距離と速度　本懐に　ラン飛び込んで
つまりはNO　ご覧　華美　雅ステファニ
色仕掛けで　もっぱら　軋んだ
覗き　セサミ　ストリート

あ　鼠径　付す　恋
プラス　てぐすね　糸ひいて
幽気　メタル　アポイントメント　喪が　モボ
刺すyou　ひらがな　集める　空く小腹
花ケン　便利器　アソート　のど飴
ジャックポケットの　手のひら　湿り
まんず　沖縄で　沙汰ば　だまらっしゃい
インゲン浮かん　ケンパ　捜索だ
厭き厭き　しゃがんで　クロケット

干潟には　バス
頬捉えろと　トライデント
噴火炉ピカ一　グロッキー
アケビ　両目から　放物線　砕け墜ちた
雑穀　洟垂れ　椿　つきたら
あながちの　微動　券　馬券
申し訳ない　キャベツ

分岐点を　飲み込んでいく
野花　あらゆる　不可知　醸す
目的地は　別当に　暇は　竜を　従えて
春キリン　草を食み　加速度と　進学
待ちわびた　罌粟　つまびらかに　篤心
ねぃ　ほら　白鯨は　時代の　表象　海ならし
目下　胃も　荒らし　砂場　トンネルは　落盤した
麝香　むせかえる　とりもち　微風　肩　触って
あながち　賄いは　模造の　損ないで
フーガ　礎に　並木道　朧　そよいで
花風船　なみだのリロード　あくびして　堤防
昔話　ありふれた　作新　描く　墨　仏物

満月は　満ち　精霊の　アミダくじ　蔦なり
今生　気さくに　フラジャイル　網目　ブラ　掌に
探し物　咆哮　おさげ　掻き分け　此処は　詩の海
鳴きながら　恩物　戯れる　波間に
糾える　ポリープ　変化　戯画　招きたい
愛撫　目から　即答　離れ小島　遭難で
ケント　浮き輪　心地よい　遊び場は　おもねる
煩雑な　裸画　草むしり　吸いきり
トーテム　幻は　含まれる　機材　抱え　夢見心地
現在を　検討　其は　ふて寝　バタフライ
リアリティ　渚の　くびれに　痺れてる
羽ばたけ　クリオネの　透明度　本日休日

爛熟　と　メモリーオイル
融かして　浮遊　王玉　韜り
不可能を　可能に　エレキ　甘んじ
むしりとる　皮質　ミノ　キノピオ
反転　指笑う　王国　近うよれ　膝しも
問題　くわえて　犬　おあずけ
絹編み　揃うと　賦活の　兆し
見ろ　逆笑い　春望の　テラス

明かり　歌いたい　咲かす　ファラオの　王冠
メスカリン　闖入　手こし　傀儡　香りが
半熟玉子と　そそる　猛禽
林檎　そめやかな　頬　こぼれ
あまつ　タイミング　暮れ　匙加減
アンダンテ　やっぱり　目配り　衒う
ソーダ　間接の　ときめき　華やぐ
彷徨う　腐乱　一歩手前で
芳う　色づく　奇蹟　賛美

モノクロの　ステファニ
蔓延る　梢　起承末
赤みどり　友達　震える手
チョコパイ　残高と　時計塔
皮肉り　ボーガン　ツモ　平仮名
抜き取り　夜晒し　くるま熊
言論　ヘイトな　目利き　トリビュート
揃いも揃って　グミチョコパイン
なって　平気な　ストレンジャー
赤　しもぶくれ　ドリル　ほな
三点倒立　ゲバ棒　よろしく
クッション　アメーバ　お人好し
鯣を　炙って　天災は　舞い降りた
ここ島へ　灰犬と　リコーダー
灰汁　酒
ストームを　ほじくれ　声高に　新譜　くしゃくしゃ

奇妙な　偏光を　帯びて
オウム貝　ペール　笑み軽
都々逸　確かに　吐息まで
海鍋　ドグラ　安息の　域
ぬらり　途走り　温室調
ぼくら　マグラ　鼻腔に　キッス
構築　ハンズ　ネガポジ　認知
薄命の　鉱物　尖り　真似　花火
マリア　ケモノハシ　風来の
家紋　陥れ　ガマ　痣　皮膜
まるで　せんこうの　ようだった
頭痛　ポスカム　挨拶　出番
スード　ビリ　チャック　木枯し
宴　騒げ　ハシビロコウ
減反　厳かな　イルミネーション
永久　こそ泥の　鼻歌　サワディ
いくら　やっても　けずれない
眼光の　きっ引き　夜店　促されて　脱稿

走りながら　爆発　していく
公家　バンシー　いじろぎ
　ロイド　下衆　さんぽ
否定　また　錦糸　カモワン
　ゲリラ　時報　特に　捕らえば
ジャグ　ランプ肉　居酒基地
石楠花を　デイリーに　ハブは　教授会

猫目　ハマー　プラトン　括れ
いのき　儚き　蕎麦茹で　ビアン
宿流の　軒下　靴下　干した
散らばって　丁度良い感じ
鏡　おまっと　憂い　良純
コーチング　模倣　まわりは　ギュッと
隣栄え　ねぎらい　さて　此方　鷲爪

嘘みたい　晴れ渡り
どうしようも　K点
視覚　ハネたい　燕の巣
焦がす　袋のネズミ　兄
人生訓を　一昨年の　夢見先
述べる　延びたい　句読点
発狂　僕らの　でっかい　クワガタ
防備　不躾な　ありの　ままで
ミサンガ　肺の　アリス　もうちょい
立った　この　有り体　つまり　小海

皮肉ぶっても　ざらに　警句
本に　無惨な　青い空
ほとほと　アンデス　妻　姪子らが
在りし日の　選択それは　いとおしき
ながら　袂を　開いて　買い物
ドライブ　健脚　発芽の　ご託
恩に　恩に切り　ララバイ

川のせせらぎが　聴こえるだろう
踏み踏み　モダン　瓦版
潮流　朗らかな　メルロ・ポンティ

今しがた　ざわめき　木霊　響き鳴り
目敏い　コンパ　裾　まどやかに
一矢　もこみち　目敏い　アンパ
末孫　どの道を　行っても　同じだ
用はない　髪切り上げて　ご来光
宴　黄緑　名作の予感
感応　しくらば　せき　化石だあ
なまずり　牡丹が　朝ドラ
パズル　しこしこ　不随で　ドント
お気に召すかな　朝露の　シャボネット
浮かび　流され　砂金に　まみれて

石川　淳
発想　分気　エレメンタル
思念　屏風　破れかぶれ
共寝　浮き世　曼陀羅
じゃみせん　発句　雷鳴
不条理　マスク　祝詞
箱庭　彼岸　レーモンティ
厚化粧　ランダム　遠近法

ローマ　鹿爪　めげない
えげつない　悪筆　わっぱ　風来坊
華美　エイプリル　托鉢
古文　さながら　驚天動地
花咲く　天女　負けんじ　臙脂
世捨て人　たり　一縷の　望み
諧謔　赤字　筆　飛び跳ねて
群がり　絵巻　最深部まで

漫ろで　妄り
ベガ　唾　崇り
不燃の　ノイローゼ
プラス　兜　こんがり
びら　くしゃ　ハムニダ
キワ　ペールギュント
都々逸　うちゃうちゃ
草津　気触れつ
怪訝な　ハンター　薄曇り

ポエム　担架　担いで　貧し
力投点　湯冷めし
ラムダ　快歩　とろろ
軒下に　しゃがみ　大破
バトンタッチ　夕暮れ
小生意気　リップスティック
丸砲の　レバニラ　宇治　見　高粱荘
ぽつねんと　どや　宿は無し　再家訓
べき　こと　ども　のど　通らんな

村上　春樹

たましい　樹　トラップ
レイヨー　冠　朝ご飯
インセクト　輝　抜き出る　触手
とんずら　レコード　テーブルゲーム
遺志　見えざる手　運命路
高級車　ハンチング　チップ
表通りを　飼い猫の　小銭入れ

ラン　トゥ　ラン　ドア潜り抜け
マジックハンドで一昨日の　日めくり
碧赭　どことなく　胸
雷魚　ビル街に　そよめく
バンジージャンプで　成熟の　通過儀礼
折り幅は　きっちりと
篤心　深々

月夜の　ソネット
ひばり　待ち合い　盗人
暗がり　架橋　はだしで
気もそぞろ　満月　石が　光ってる
染まり　シュミーズ　片靴脱ぎ捨て

包摂　産毛に　くるまって
胡散　飲みしろ　片呆け
長らくお待たせ　いたしました
今宵　情　通じあいの　会　再会

全き　純白に　抱かれて
ざわめきは　気にしない
伸びやかな　歌声
サテンの艶やかな　あくび
触れ合い　やがて　土に　還るの
円形劇場　主演は　あなた
スポットライトは　月の光りだ
困惑　昏倒　目が醒めてみれば
一抹の　あなたの香り　漂った
余韻を残して　次の出会いを
慰める　君にまた　会いたいよ

安部公房
ストーブ　馬棟　生き物
実験　時に　瘋癲
ライチ　抜糸　墓場まで
凝視　雄叫び　リモート　銃
不審　喚問　逆撫で
御影　鼻唄　札束
マイルス　手荷物　一休が
ジョップ　メチルアルコール

最難関　にて　似謬の　嵐
偽ろう　ヘゲモニー　近場　砂場
サリン　北海道　ギムレット
淫靡　メガフォン　腸ポリープ
眼鏡　地下足袋　工事現場
吐き出し　無意識　デーモニッシュ
入り口　出口　境は虚ろ

蛍光　美人
ノクターン　途方　ｖｉｅｗ
レキシ　日馬　有象
銀歯　乱反射　箕　熊
発光　目に　露　鏡餅
狂ばゆ　ノット　携帯棒
不吉　猫目　半金　簾
囲われし　意志浅し
すべては　きみのため　ちがうか

寒天横丁で　マッコリを
くぐらす　スイッチ　鈍色ボタン
しがない　良くもない　目に明るい

未来　どこ明日　蛤の　貯金箱
プーケット　サウザンド　肉眼
薔薇色　夜道を　照らせよ　爽香

ご迷惑を　おかけします
対人恐怖　はないちもんめ
粒さに　蕩尽　暇さえ　無いが
あるべき　感謝が　見当たらない
盛り　管を巻き　煙管　闘牛
登りたまえ　よしたまえ　防寒
セシル　肥大　個が　候うの

つもり　つまりが　ココイチの　籤引き
ジャイロ　バター　塗りたくり　ホップ
水子　地蔵が　安心　寄進
ステップ　玉ねぎ　微塵切りーの
オクラが　パネーの　脳震盪
原風景が　ツワイネル　らくだ山
小坊主　耳くそ　結実の
のりなが　排他　カスタマー
その苦情　なんなりと　お申し付けください

何が美しいか　を知り得ない
そうね例えば　九官鳥
国語の　稀有な　ハーモニー
眉間に　そっと　指さして
愁い　あわいを　なぞらえる
枢白な　緻密　沫と化し　曼陀羅

ひしゃげ　記憶と　文　土壌
温華　ファシズムと　鶏　仇花
ルイーズが　人生の　玉の輿　伽藍
薄紅色の　コンパクト
人参柄が　恵方の　昨今
伸びやかな　暇潰し　自意志　石楠花
そっと　逃げよう　春はもうそこまで来ていた

悲しみを　塗りつぶして
バタ犬　チンキ　滅びのタネ
都合よく　物事を　考えられたら
情け　胃腸　踏みつぶ　無法
ボランティア　チャンプル　錯覚の　視座やねん
良いことづくめの　ラプラス　蹄
ボンゾ　空疎　石神井駅で

美談　瓦屋根　スミノフの　戯れ
チョッキ　直観　山荘は　バタイユ
急務だし　腹丸出し　ランド
ボルダリング　円谷プロのみ　了見が
あこがれ　ひびわれ　後妻の　鼻提灯
迷い　転がして　ペッタンコ！成仏

鮮やかな　モルヒネ
芍薬　クローム　瓶詰め
下崖　クルミ割り　金魚
アメフラシ　茶渋　宝石
巨万　麻痺系　無能　サブ
ハレム　岸辺　変態
大胆不敵に　ヤーコブソン

骨髄が　ぬるま湯に　娑婆娑婆
アンリミテッド　どうだい　噛むかい
妹　ホラー　アンドロイド
朝鮮　忍法　グワバ　金策
自戒の　丸い罠　音が　破滅の
よく聴いて　ほら　あなたへの　メッセージ
ボブソン　端寺　乾麺と
消毒　牛歩　ジミヘン　絶技
マルクス　エラはり　スクイズ　刻彫
時空　果てのない　反抗　に麻酔を

らぶ　ずっきゅん
脱臼　構図　ハートに的中
美味し　手だし　クコの実　天使
猿股で　ビジネス　冷コー　ホリデイ
うつつ　かしまし　膝折れ　カックン
君に麻痺　中毒　マリア
ときめき　みたいな　灯火

フロイト　フォロー　ミー　皮肉な健康
恋して　ホルモン　ずきずき　秘密
又々　アソシエーション　トルソ　着色
絆　切れたら　おめでとう
コズミック　乱犯　メモリーが　潤い
ひところの　巷で噂　デキている

無論　愛しい
染め上げた　ホーリィ
踏みつけた　妥協点
よくぞ　潤い　穂先　ミイラ
床這いに　見つめた　記憶　それは　盲目
要点は　中敷き　ひつまぶし　霧色
とこしえは　カムバック

贅ね　唾　したためる
行い　言わば　まほろ　引き腰
クラムチャウダー　味がしない
太胸が　まみえる
御曹司　タラモ　はかばかしい
蛮族の　時計　シルバニア
疑え　調度　蛍　まばゆい
等し　愛の囁き

薄く重ねて　神秘の　化粧
施し　ペイキ　立命館
伸ばして　魚粉　かくし味
見つめる瞳に　シャドウ　アイ
泉の　せせらぎが　渾身の　奇想が
つぶらな　おのこ　ペシャ　目者　よぎり
いたたま　ナイト　不吟の　言葉掛け

憑依　薄紅色した　やいのやいの　仮名
チクリ　困る　年端の　別嬪
羞じらう　胸は　躍ってる
越乃寒梅　昨日の　乾杯
呼ぶ名　くるぐすの　紅葉
士農工　君は　細君
したたかな心をもった　細工品

死屍累々
カミュ　米人　トマト的
はらはら　宮殿　遅刻魔　リブレ
生き血を　啜って　ほら　マザコン
系統的に　ギロチン　ごん太
繰り越し　人面魚　卒塔婆に　禁句
あいいれぬ　詫びさび　義塾　蝙蝠傘

ついでの　ベン　シャーン　理類　地球儀
しかけは　盲点　バット　ア　コミック
三かける　急須　オコノミー　ボロット
革命　強靭な　銛突き　しょんぼーり
怠け　乾きもの　スタパイ　貧苦
調理師　欠陥　不在で　ポパイ
ゾンビーヌ　写楽で　おみ　おいどれ　犬

虹色の蝸牛　まれまれ　虹木　車椅子　トーヘン木の　音が変　すました　ワサビ　ツンと　媚び割れ

辺縁　地帯で　不断の　努力　枕で　沈殿　ロバート　馬場　畏まる　必要はない　エニシング

ロビンソン　日記　とちの木　スクッパ　カンパ　椅子　ラビオリ　ミニスカート　喋る　ラムは　箒　掃き掃除

ループして　玄武　陽光を乱反射　ピーク　そろり　逃去り　今は　嗜む　呟き

ちっぽけな命に　見つけたよ　奇跡を

魂の　チャプター　早送りの　シタ犬　ホーチ　武者震い　慇懃　血豆　むらさき　コープ　プーラシアの追撃　みなしご

予備　陰気な　たなごころ　街は　はてな　見所を　蘭学の　指割り　沸点　投機　孫　悟空　フィルター　座間　市

恨み　ますする

トイレ　深座り

不埒な　脱皮

微睡み　胸に　迫る　こそ　間欠泉が

球面　引っ掻いて　躍りませんか
かも知らん　我が　悠久の湊
さもあらん　ブツ　囮を使い　飛び越えた

耕し　且つ　生やす　その永劫回帰

黙せよ、歩みを　極点の　その先へ

2001年

無重力

羊飼いらは

方舟を　建造した

奪い合う　メリーゴーランドへ

揺れる

パタゴニア印　水の滝

先達の轍

誘惑の　惜別から

勤しむ　二文　裏切りの諸行無常

斜め前のあなたへ

抑揚が

貨物を積んで

点火する　バッジ　膝枕のここそこに

天涯魔境　ここは　企てと目論みの　マジックショー
さながら　時を止め　微振動　ラムザ　黒羊

愕然　礫と化す

揚羽の蔭に推敲し

触れる

ひきちぎり

九十九の嵐

牢獄から

シェパード

思いがけぬ抜け道

詫びるアナルシス

不可能と

出没す

入り乱れ

邪念はないさ　ただ
別れ話と冬の蝶
片割れと　急ぎ足の　報告
勇み足　離ればなれで
うつろう　サンタマリアと　気管支炎
目に映る　面映ゆい光
指輪　くさみ　小松菜
八剣伝　鋏　いくらこぼれても
こみ上げる　礎石と　リンボー
稀に見る　重ね着　羽織と　夏みかん
天体から　降る　くちばし
今朝の　フォントの　蝶番
出不精の　孫の手　朝の　浮遊感
絡まる　指先から　末裔の斜倒
ふりがな　奈良漬　川流れ
説明　つまり　蚤の市
後ろから　鼻先の　未来へ

夢のピリオドはいつも突然で

砂漠の華　不可避

とりもち　奄美　薙ぎ倒し

覚醒　のち　おこぼれを戴く

サモサ　メソッド　満月に

ぬるま湯　ピッチ　拝火教

デッド　フルーツ　網　ベター

くぐもり　汚染が　裸足の　葉脈
通気　ひぐまの森　灯火　ようやく
お月見　投げ洗い　翔ぶぞ　かぐや姫
とげまる　恥毛　皿布巾
漫画の森で　イカした　トゥデイ
放火魔　目敏い　リムジン　バステト
かくも　見事な　無意識　次元
そうさ　世界は　一つではない

阿弥陀様　にょきにょき
かわずもち　ずんだ　ワルツ
ニッキに包んで　悪玉　消滅
いらはい　コクトー　煮しめはいかが
西岸　ユートピア　ゼア　毒虫に変身
さらさら　ビクター　絵文字で無線

心中河原でみたび　デート
遊エイジ　さくらんぼ　たっぽり
変幻　ヴェスパは蛸壺　ロウファイの
したたかな　艶　雲組織　粗びき
ミハイル　遠くの国で　飛んでいる

椅子のひじ掛けになりたい
夢幻のかなたで　いらっしゃいませ
プラグ　軟体　せめて　望願
時経　着のみ着のまま　綿雲にのって
やあ山か　いや釈迦の掌

詩織

メディカルな手当て
奥羽　そばだち
二日間熟した
算盤海に還した
月輪こんぶ　つまんだ
凛と立つ
つま先　文武
拵え　誂え
上向き　微糖の
三陸の蕓　イクラ
旅に出た　非凡な
有機マリオ　流石な
ベビータオル　蒸し蒸し

ホムンクルス　爪上げ
理緒
さくらさいた　まちばり
ひげ根抜いた　青首
誠　神主
四聖　ほがらか
指物　狼狽
九月　シトロエン
白馬　くぬぎ
タイム誌　お出掛け
まんざら　憩います
骨折り　無駄ではない
美しい　名前
美しい

イチゴ　蹴飛ばした　楕円
　虹は　混交　すべり台
ほととぎす　モルダウ　光明
　ラード　尿瓶　忍び寄り
やわらかに　読経　フィリップ
速やかなる　目検の　お釣りで
鋤いた　アミダくじ　種と仕掛
　程好く　金格差　いたたまれ
無垢　最年の　悲壮と　ゆで玉子
　三人称とて　齢の　ゲップ
　マネキン　蜜な　保冷剤

履き慣れた　すっぴんと色仕掛け
　ハント　砂漠で　受戒して
懺悔　きみどり　たわわに実り
　私は　私に　選ばれた
だんまり　キス　滲むイエロー
　自殺　歌いだす　和歌
かみなり山　ボート　嘲り　ミーツパイ
　いまだかつて　夜行性
コンビ　ギムレットと　肩叩く
そうね　毎日　飽きないね

彗星　ばくち打ち
ユリゲラー　あばよ　雑煮
鷲鼻　迷路　ドラえもん
ましまし　ループ　腓
清し　筋肉の　メロディアス
楸　菓子　マイメロゆずき

路面　引き顎　もたい　カメレオン
観念　豪奢　なきねずみ
成仏　大海原　レアル
筋道マッド　白梅　ピアス
施餓鬼　皿煮　ホルマリン　求道

カンフー何の技なの？
薄力粉　粉化粧　おみそれ
ガーゴイル　屍　急ぎ足
がんも　全仏　恐れをなして
金色　屏風に　如何せん
しがらみ　ミラノ　チップは無いよ
配采　ラジオ　泥コップ

熊　いさだ　奇っ怪な
輝け　天麩羅と　獲物の　イビルアイ
火宅　脇下に　法蓮華経
黎明　小豆は　身の丈　馬糞
ホイミ　イライザ　ビス　葵
枕持ち　経緯は　訳もなく　退廃

水曜日の　ワタボウシ
トランプ　愚者の
ひくさく　這い出る　転ば　猿
カップ麺ずずず　記憶は　カリウム

積み木　貸し渋りの　紺
華やかな　喪中葉書と　サザンクロス
舞踊　はみ出し　簡素　寿限無
ハロ　武家　薙ぎに　お手許
カウス　萎れた　汀に　偶数
奪う　憐れと　人倫　サイダー
かなぶん　長じて　レッドブル

夢の中で　肩叩き
頻尿　コロンビア
傍に　くっつくな　アテンダント
ざりがに釣り　微笑　僻み
マカオ　清廉潔白
ギターざわめく　ハロゲン　義歯
チンチロリンこと　スナッフ　カバー
ゆるぎない　封筒　安食　茄子パワー

一握り　顕微な　誘い
警ら　没頭　斯界せよ
バッキンガム　どじょう色
頑張り　花屋　キルミー　涎が
褒美　夢を　撫でまわし
煽る　輪廻と　雪　深し

気絶は地下室　ルノー孤島を
やわら　蝮　切っ先の　和太刀
残った　掌に　僅かな　懸命を
指物　つわり　気に　灼かな
目立たぬよう　聴こえぬよう
舞った　宙に　季語爆発
暗示貨物　エキストラ
珊瑚　ぬるま湯　じっと目を閉じ

爽い　愛他の　誓いあり
刈り込んだ　楔　捩る　オクトーバ
綱を締め　椰子に　滅ぶよ
生業　玉子　ポーロ
幾ばくか　治産　真奥の　蝋纈の
味付けは　目掛け　唸れ　音も無く
ニルヴァーナ　アンチ　腰　かでな
たまらん　不甲斐　気圧が

荒地　ブズーキ　クンデラ

審問　オルゴール　咎め

日向　借金を　古井戸

空通気　エンガワ　踊れない

わざわざ　戯作　白桃

ひげの種　バゲット

祭火　腕輪　カンテラ

なまはげ　獣　飛行船

バキ　時雨　ちゃんぽん

ミノ符　ゲリラ　香水

濾過　ペーハー　意志まみえ

だるまし　メカを　アナトミー

画壇　縁談　近うよれ

銀糸　バーベQ　さ案内

ありがとう　ぼっちゃん　スクイズ

苦い　QRコードが　プラシボ

籾殻　あきら　エジンバエ

スタープラズマ　マインド　暗い

でんでん　メルヘン　横槍に

始発　缶蹴り　意味探し

トレイン　奪取　目と鼻　スロー

仏恨みぃちじく

あらまし　奇談　マニエリスム

介護　啓蒙　微笑ましい

タックル　穿て　蛇よ

ままよ　内観　きつね色した

オリオン　唱えて　竹刀の　脹ら脛

夢睡　スイミング　星座

今しがた　洛中　都の　穴蔵

神威　ミネソタ　囲炉裏で　ぼよん

浮化　さ迷い　うねりの　盲点

ラグジュアリ　猪　席替えの

粒さに　非行　とげ　草むしりの刑

ラッパ　やった　甘味　埒外

書庫　夏の朝　エロディアスに　小洒落て

一瞥、薫る

とりとめのない　画題

べか　よるべない　エニグマ

ラッシー　膨らむ　砂細工

鬼畜無害と　ヨロレヒホ

ノヴァ　すたこらす　下関

配管　ドッキリ　記憶の手術

余命半年（読み切り）

ところで　慰問　神通力が

アニマル　家屋　麺ソイル

主君　稲穂に　堕す

凱旋は　パネライ　コロる　納戸に

ピールアウト　どぶろく川

ダチョウ　辛め　根津　ピコ

久遠　シンフォニー　陰部

向日葵の　濡れ煎　直木　かりん糖

インスパイア　美濃花　無花果の　概説

面立ち　サイパン　稲光　四苦夜露

列　統合と分裂　オリーブ油

　　冷める　ワイン　殺潰し　手鞠歌

　　　　かごめ　やもめ　果敢に

　　　　　　そっと　奏でて　究極に

遅し　エイリアン　皆々　ゴール・テープ

天万十川リレー

そぞろ　ウェイク　緩慢な

ナイン　蜘蛛の巣　便箇

ビラ配り　厭世観

細切れになった　ビオトープ

熟睡　肋　弟たち

小紫　ペールギュント
本居　睨みつけ　センター街
自涜　専売の　ミステリー
ファック　土壺は　奇怪だ
警棒片手に　猪苗代湖
マシュマロ　ダムドに　不法侵入
示唆　エントロピー　呻き

樹海　食いしん坊の　ミスド
虹まで　タルタル　草かんむり
寝静　きっかり　レイトショー
ぎくしゃく　メダルは　トイ面で
ごわす　歯触り　りんご飴
大安　吉日　きまりごと
ダンク　鎖　刷って

ミモザ　談判　ウェザー　砂場

聞こゆ　瑠璃色　パンタロン

涙　歪みな　きりり紺

アシッド　隻眼　眠いな　ビードロ

民謡　パイレーツ　手押し

ざらり　釘頭　一舐め

着飾らない　失脚

償い　コンガ　レタスウィッチ

崇め　焦がし　モルタル

メロンパン　万歳　能わざる

メニュー　拾い食い　ばかり

綱馬　守銭奴　ゲシュタルト　クライス

拝謁は　ご覧じろ
ぞんざいに　電報　キウイ
ライバル　兵　契ろう
絵には　蘭学の　ソルティ
引き出しは　臓物の　ラビオリ

帰属　真っ赤な　アワビ
刹那の　不作法　コンピュー　必ず
参禅　ニョッキ　椅子の技
ランド　宴だ　回送列車
トトロは　鉞　鉄槌で
カイム　歌羽　パイルダー

ところで　今日　お茶いかが？

マリオネアの　三択

もんどり　解雇策　一筋

世代は　方舟　待ち合い室

改札から　不毛の　麓へ

消え行く　季節に　ぶらさがり　チョーク
概覧　捕獲　メリークリスマス
孤独　よろしく　陪審が
ふざけた　マリーズ　踊ってる
弱れ　のど元を　不躾
山羊を　ものとも　アグレッシヴ
不乱　明解　ハイチュウ

連想ゲームに　終止符を
眩しい　遺骸　ニトロゲン
香ばし　レモネ　芥子　無念
とらばーゆ　血剤　無資格で
競売　庭散歩　ロマン
潜み　紛れて　大窟　空我
ひさしぶりの　エテ公　墨入り

生意気　バンド　大殺界

絞られ　お灸　ドルトムント

非業　ドアねの　擦り付け

チャラい　渋々　弊社噛む

薬指　お訊ね

カランコロン　亡国

コアラの放課後　探検隊
おやつは抜きよ　お楽しみ
やまんば　一口　皆目
羊達　マスト　おんぶ
地理明快で　スイッチオン
マナー　好物　キリン林
アシカが　呟く　尾も白い

歌爪　ロッカー　勇者だい
　人参列車と　唱い　陽炎
チリ　南北　暴かれた　独裁
　ハイネケン　遊行　浮かし話で
屁で　射抜け　トランプ
　貧乏臭さに　マレー熊
あるくよ　あるく　樹に登り

2月　つまみ上げ
オレンジ　冷やしかた
志乃　青井戸　金貨
古米と　撫でやかな　ポインセチア

テラス　猥歌　米寿
盥　猫のひげ　ファイト
ライク　にじみ汗
大会で　羞じらい　グミは　幸福の
人智　都営代　ハラス　シムシティ
イカした　トゥデイ　にわか雨
海岸通りに　クラブサン

すっからかん　手錠
刺青猫　どちら　マイクロ
そばだて　自傷に　菊車
似合わな　うる星　こりゃあかん
奇遇　バチカン　是は　フィヒテ
団地　タミフル　ボルダリング

刑役　しこたま　無愛想
在恩　毛虫は　パラダイム
打擲
玉子かけ　プラモ
ダメそう　いのちの　若い花
釈迦に　説法　唐突に
缶から　キスマーク　誤謬

アラベスク　憩うと
色木　既視感　ぬらりひょん
便宜　捕らぬ　気象台
あさぎり　ミサは　温交　ベッド
浄化　セメントリー

性在りし　日の寄る辺なき　祝顔
レモネ　陣痛の　キャロル　日報
触りな　軍手　フロイド　錯誤
眼帯　へきえきと　鮫　くろで
編纂　小諸人　湯布院
カービー　災いな　帰路につく

荷を　下ろした　闇夜は　空漠

バイオ　気温と　ヨーロッパ　んば

西風　なごみの　封印　写真部

玉割り　ビーバー　記憶術

エイドス　自在時空の

ハイオク　石焼き芋

リバティ　通念　コシヒカリ

まだら　鼾　嬶　善し

トンネル　部落　式美人

離れ組み　粽　アソシエイション

きらり麦　むずがる子らは　積み木

からくり　束ね　袈裟斬りで
まんず　壁面　えいやっ
眺めすがめつ　意識の　淵
モラリティ　台所　首輪
香具師　盗らぬは　吸いのみ　限りと
ご覧あれ　姿煮　生まれたままの

ホモルーデンス　供物　お忍び
ワイキキ　乳房が　恨めしく
生麺　ちくわぶ　気忙し　阿吽
才媛　トラブり　お気に　諸島
随年　ふたご座　ダブリナーズ

あだ花で　肩貸し
溺死　カン　お城帰り
ワルツ　砂木綿　より糸
発掘は　気長な　ヘルメス　舞台女優
花輪で　メンソール　箱庭　塞げドラゴン

青き　蒼　寒空
今昔　ブライト　王剣の
汀　褥の　迷宮
メンス　マリソル　臺　だろう
中敷きに　ラーメンマン　葉書　宛名　メンマ
魔法の　小姑　しかめ面
斜に構え　むくどり

薔薇色の　モーニン
キズナ　撫愛　サナダムシ
演劇　水素に　死相学
龜だし　ヘンリに　砂嵐
アイヌ　放心も　厳かに

クリーン　鳩胸　オルゴール
寡聞にして　薪　なれ初め
千利休　美味しん
カカオ　見合う　玉虫色
写楽　ずいき　メルヘン
分裂は　メソッド　愛は　かかる　標に
文楽　茶釜　身代金

絵の具溶け残り　名ばかりの
荷札　換気　モロッコの
仕度　もっちり　排卵日
ガイアの　背骨が　はち切れん
ルードヴィヒ　自愛の　マッシヴ　山茶花
煮くらがり　ウェザー　ポートの乱視
女衒　踏み　ダルマ　鶏皮
凡庸な　鵲　理気　枕
仔細は　燕尾に　入試関門
ざんぎり　枝毛を　緻密に　まぶして
どぶろくの　コエンザイム
在庫　フォーミー　あの日限りの

みかん腐れどなお甘し
ほうじ　目敏い　ラック　シード
お人好し　感情論
キー　クオリティ　蚊柱が
未曾有　地球　パンライス
メリト　くも膜　舌触り

叡智　ルミナス　術を
勇んで　希望　こんにちはクールベさん
ジップ　毒蜘蛛　サイレンス
脱ぐなら　脱げ　体調　大丈夫？
もぎ木　襖　嗽を
冷凍　シャベル　熱海で
元祖　ケータイ　牛モデル

血を血で？　血で血を？
ホワイ　柚子暮れ　ガリ版
計体温　しじみ　わかめ
鬱鉄　ウーパールーパー
ルンペンが　手塩に　小粋
俄に　ジャンピン　泥　井戸を
木枯し　さざ虫　ストンピン

キリマン　ジャロとて　舞踊　題目
金輪際の　夷敵の　刃
カラス　短冊　一反木綿
猫医者　しまご　懐手
宴会場は　座右の　サラダだ
落ち　チェックの　ダライ・ラマ

熱帯覚醒初夜
アンプ　島流し　不揃い
無敗　拐え　バドワイザー
騎馬戦　出張って　どんぐりこ
着直し　歯形　かたびら
散発　適宜　乱しあい

身嗜みの　ブラボ　キャディー
親愛の　果　投下
笑いあい　しもべに　空蝉の　デザイア
コイントス　部屋代　ばっち　割り勘で

ひょっとこと婚姻
白州　チマリ　猥雑
ならびに　鯛は　複雑骨折
亡命　シラバス　タントラ
東尋坊で　餌釣り　カオス
渡り鳥　嘘目玉焼き
ガゼル　しこたま　醸せ　天下

二郎から　よさこいの　雄鶏
均し　賽　リペア
ノイジーな　筋骨　大麻
弱火　テンガロン　蔵まり
たれこめる　暗雲

真諦　他への望観を
切り捨てて　戸惑うべからず
卵細胞　へこむと　アイドル
ナザレの　僻地　抗抵の
熟れた　三角を　小耳に
罪悪感　歪む　エコー

呟いた　端くれ　木っ端　打算の
ライターが　フル回転　鋏　錆びくれ
似ればいい　砂漠に　化粧　痛覚
わら半紙を　渦に　メサイア
ドレイン　山羊車　大東　胸に
街道　祝辞　問わず語りの
ナイフを　薬に
嘘ついた　殴れよ

詩的に　克服
たられば　アンクル　希有
三ツ矢　シャンディ　祝詞
小枝し　背格好　マタギ
リーダブル　粘着　ネギ　湖畔
買い物かごに　西表ヤマネコ
助詞　祠　アンデルセン
スプートニク　象牙　弛緩
統覚　すべからく　ラタトゥイユ

レリーフ　曾孫　頭痛の種
偏見　素晴らしき　アガンベン
キッス　脹ら脛に　ふしだら
真昼　寝そべって　憤死
傷だらけ　ルーペ　小康の
ボーガン　薄ら　気配りの　天皇
タスク　罠びら　血吸う　闇
どいた　どいた　と　不採用
才能　券売機で　買った

原始まんま　天然光陰
ガラムマサラ　恩給で　皿は
邂逅　飛んだり　無法者
ブリーズ　真似事　おんぼろ車で
位相　夢まで　返事せん
こさえても　オウム　驢馬　ひと昔

チャッカマン　家財　老化
まんねり　サボタージュ　強羅
匂わず　ライ麦の
葛　地下帯　末期がん
かき揚げ　リバイブ　波浪だね
候　意図知れず　ふくれ駒
胎動　わっか　テキスタイル

採寸ひしがれ　一目惚れ
ザンバラ　家訓　任侠と
字運　ラメ　二項対立
リンパの　流れを　婚姻　鶏冠
革命　囲碁囲の　二歩　三歩
面倒　イグアナ　ミサンガ　結える

猫っ毛　時差　マイ　いとおしい
体育　ナロン　目火　燈
奔気に　なぜかう　摩れる　毒
ホリデイ　インプロビゼイション　豪雷雨
撫で肩　パイポ　アンソラス

ならず者　赤レンガ
Tシャツ母胎　入らずんば
身蓋　奴を　マロニー
仕度は　男根界
観測の　ミンフスキー
ひねもす　小枝　革吊り

帰路　和紙　アルケミスト
インターンで三下り半
縄抜け　着替え　サボテンダー
うつつ　砒素　特有　系
焦らす　牧場に
フルタイム　懐手　血晶板

ミルク　こぼして　抒情
遥か　槍よ　しばたいて
寄稿　とんがり　凭れ混ざり
時勢の　掟に　甘んじて
飛ぶよ　どぶろく　ろくでなし
失格　はんぺん　いいぞ　宿名
今しがた　太陽が　フラフープ

パン練る　木霊
身もない　双葉　柱より
諸味　一般　ゴス　ロゴス
きわどい　オブ　氷あんず
パントマイム　やぶからに
目ん玉　謂れ　床擦れに
しゃぼん玉　老いて　農薬　ファンシー
てやんでい　メランコ　踵

廣々とアガペー
婭すみれ　汚なし
山道で　ミーツ　違和
観音崎で　イリーナ　デストロイ
下ネタ　欺き　夜風の
老木　斯界の　フマキラー
眠眠　ポラロイド　中折れ　ちょうだい
ハサミ型　直れ　贖とパンと　イタリ
タバコジュースと　黒蟻　ぜんまい

難辛　至当点　夜這いの　ベリファイ
湯煎キロ　穂が　友の　ソロバン
ほったらかしに　イルミネーション
民宿　愛慈　トーテムの
せっかくの　書き込み　照らせ　即売

吉日　つららの森
ねぐら　ルーレット　お手玉
公式に　鍛え　蝶吹雪
ライオンは　寝技　機内　ポトマック
でわでわ　と嘘の　庭セラピー
新宿　沙漠　噂で
慰安ドール　身すぎ　チャクラ

エイジ　丸太に　ぶらさんぼ
暮れる　ドメイン　哺乳瓶
裂いたらべっか　輪　ゴムボート
仲裁　田舎　譲り合い
なめくじ　安食の　サンラータン
サンタ　夢を　売り　返済中
お当番　冠婚
ちょっと　こっち　向いてよ

以心伝　にわか雨　横切り
簾　トポスと　お握らず
ハレー彗星　追憶の
時効の　サマーデイ　あかんべい
湯がいた　江戸前　犬っころ
口説く　マシュマロ　舌鱗を
マカオ　ヘルニア　異論あり

茶房　ぎらぎら　安死　ヤプー
レディネス　巻き戻し　裏屋で
銚子　うな丼がいたわ
仔細　泣きたもう　事なかれ　主義
礎の　競輪競馬　バンクーバー
ビアン　胃濯ぎ　ダブ　コンタクト
産もう　バットマン　乳酸　連山

ワールド　耳鼻咽　お人柄
微睡み　探偵　フラス　アプラス
無頼　鍋奉行　奉公
そばだて　エロ事師　大人買い
渡世の　アホウドリ　漫画の　リーバイス
慰安婦が　そうら　マカロニ　不整脈

まとまらない　上総　ウコンで　澱み呑み
　陸くじら　洗濯船　エラ張り
科捜研　ちびった　マラルメ　ミリ単位
ロバート　按摩　ペースト　スマホ
美味喰らい　音域　同棲　なし崩し

輝きあわよくば　纏足
がら空き　現実　テロ　あの丘で
桃太郎　ガメラ　アンリミテッド
睡蓮　ブルース　スムース　一致　厚化粧の
争い　掃除機　手取り　缶ドラ
鍋　素足の　マタニティ　カルガモと　ブッチ
ニルス　ゴールキーパー　大嫌い　春風に
大仏　赤魚　知己を得る　ガマガエル　風呂
鼻息　象印　ふくめ　摩擦　競ってね

物語　音　悲しい　まっ黄色な商人
ツェッペリン　相対　ズック
バウロン　水性　やさぐれて　鏡見た
明太　踏み絵　勢い　かすれ
くるぶしの　地雷也　むくろ　に

魂の　現場仕事
もう幾つ　抵当
ラモー　火に　ブイに　ままよ
食診で　ふい　泥縄を　羇いで
薬罐　マグネシウム　大鳥が　爆ぜる夜
痩身窟は　カネヨン　筆致　ネイビー　お咎め
高々しい　異人　９ミリ　柄　未婚　改札
暫し　濡れて　ハノイ
牢我　せまし　地図し　ガリ版
怪異　ふとん　つねり　魔球の　ドラゴンズは　縄跳び
麓　くすり　プッシュピン　バアルで　鎖が
知らず　ビスも　手遅れ　欄間　チューブ　です春

賛美　かじかむ児らよ
ストックホルム　楓
二輪草　お咎めの
機雷　画布　フロイトは
太郎　喉が乾き　潜水
猿股が　現前
クラリネットの　円い濃淡
さばいて　いなせな　籠絡男女
社交の　風さ　あずさ　2号

額の　カーテン　妖しく　揺れる
不気味　さまで　赦したもう
コモン　艶やかな　蓄膿
交代　爪の縁まで　ピカピカ
クリスマス　友達リクエスト
幌　馬車　暮れるヤタガラス
至高の　芒　お家　コトコト
カリフラで　禅座　怠ると　抱擁
スメル　空蝉　安国　気分
エッセンス　くすみ　おっとっと

杉山《すぎやま》 悟《さとる》

1988年2月29日生まれ。
美術系の高校を卒業後、さまざまな職業を遍歴しながら独学で創作活動を続ける。2016年処女詩集「スキッゾフレニアデイズ」(文芸社)
SNS等への作品の投稿も精力的に行っている。

寓居《ぐうきょ》

2018年2月22日　初版第1刷

著者　杉山 悟

発行人　松﨑義行

発行　ポエムピース

東京都杉並区高円寺南4-26-5 YSビル3F
〒166-0003
TEL03-5913-9172　FAX03-5913-8011
カバー絵　杉山 悟
編集　尾上美和
印刷・製本　株式会社上野印刷所

ISBN978-4-908827-35-8 C0095